今日も市場の片すみで下手な似顔絵描いてます。

永澤あられ

男前の流しの順さんは、現在40歳半ばでしょうか
とても甘い声で歌います。男性のファンが多いです。
歌が終るとフーと大きな息を吹きます。一曲一曲をとても
心を込めて歌います。どんな曲でも即座にギターで歌います。
「吾亦紅《われもこう》」を歌うと、作業服のおじさん、年配の男性は
ポロポロと泣いてます。見ていると、こちらも泣けてきます。

♪髪に白髪がまじりはじめても 俺 死ぬまで
あなたの子供♪

いろんな事が今日まであったと思います。こみ上げるものが、
あります。こんなに泣かせる順さんは、どんな気持で
歌ってられるのでしょうか。でも一度もそんな質問はしていません。
たぶん順さんもお客さまと同じ気持で泣いてられることと
思います。順さん、暖かい歌ありがとうございます。

私は大阪通天閣の下の
新世界市場で似顔絵き
描いてます。
創立100年以上の老舗商店街
で、今はシャッター通りになりましたが
2018年から、もう一度この商店街を活性化しよう!

昭和チックな
似顔絵描いてます。

と、企画会社の運営で
開催されることになり、
Wマーケットの名で、日曜日だけ開店
しています。私は、居ごこちが、いいので
ずーっと参加しています。

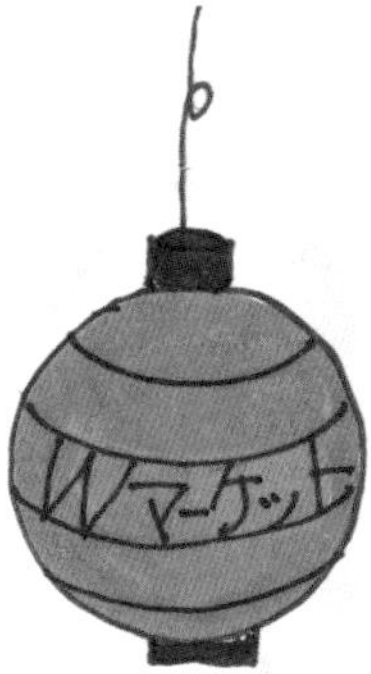

夏は暑く、冬はとても寒い商店街ですが、人情のあるこの町が
好きです。ここに来ると、幸せな気持になれて、私は毎日が、とても
楽しくなれた不思議な 場所です。
好きなお仕事をさせていただき、幸せな気持になれた
この商店街に感謝しています。

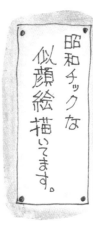

私　今年72歳、人の世のお話を「ああ、そうですか・・・」と
軽く聞き流す 横着な、おばちゃんになってきました。
いろんな人のお話を聞いて そんな生き方もある、そんな考えるもあると
認めるようになりました　人生はドラマやと 妙に冷めた目で
聞いている自分になりました。
白髪の老婆が、座っているので お客様は 占いコーナーと
思われて 話しかけてきます。
私が絵描きとわかってもそのまま 話を続けます。
他人の私だから 話せるのでしょうね、過去も未来も
孤独の毎日を・・・。
ハイテクの時代になっても、人の気持は 変わらないです。
むしろ昔より人はやさしさを求め 人のぬくもりを
求めているのかも知れません。
つながりがあれば 明日も生きれると、 そんなささやかな夢を
感じました。
私の心に残る 数人の物語を 思い出して書いてみました・・・。

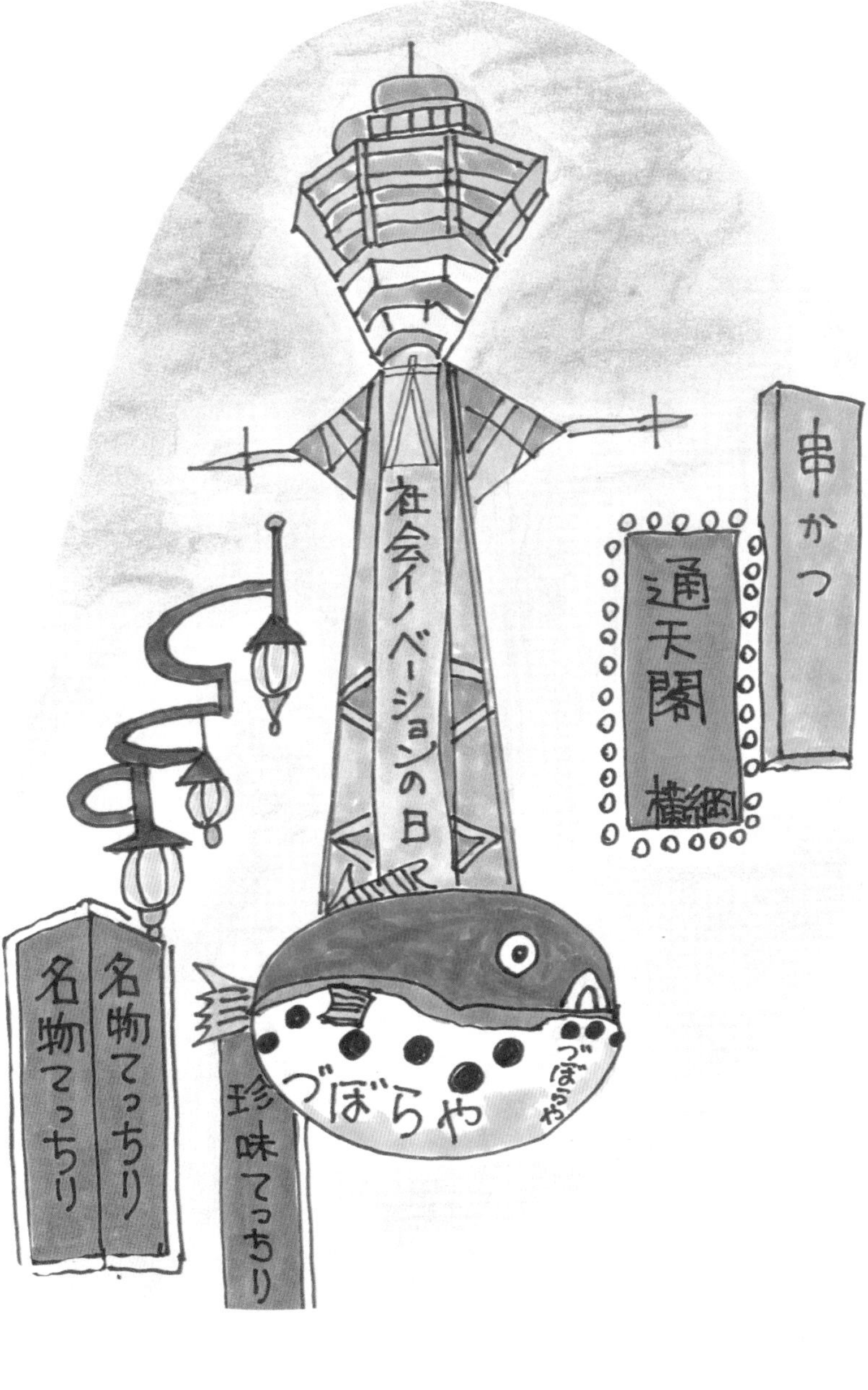
社会イノベーションの日
串かつ
通天閣
横綱
名物てっちり
名物てっちり
珍味てっちり
づぼらや
づぼらや

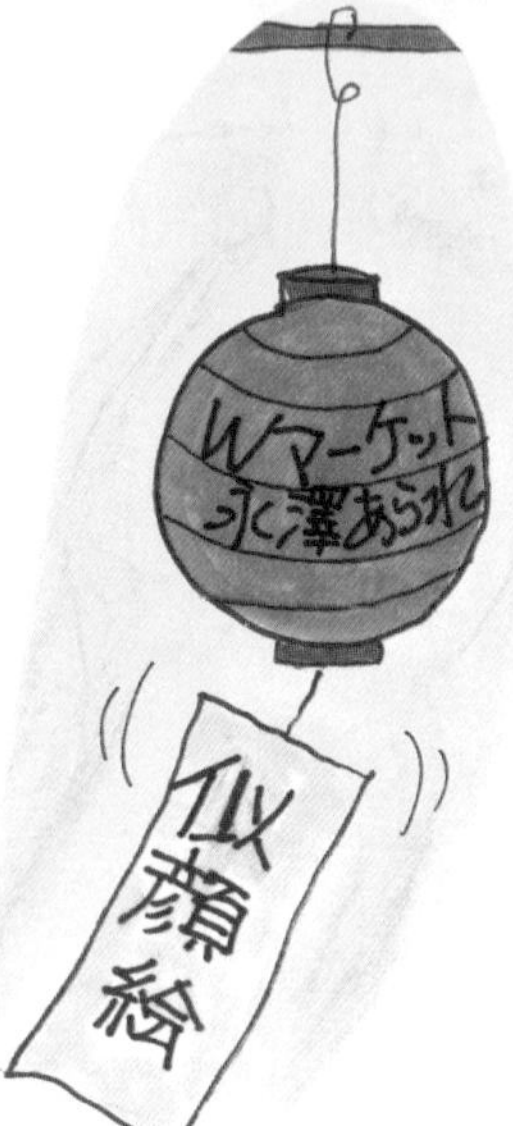

騙されたらあかんで！　山田さん

山田一郎さん　年は50歳半ばでしょうか。
夕方自転車を押しながら新世界市場に来ました。
ボランティアでWマーケットの呼び込みや、設営のお世話をしてくれる大学生のお姉さんが、
「いかがですか〜〜　絵描きのあられさんが似顔絵描いてますよ〜〜」と声をはり上げてくれてます
山田さんはビールを片手に持って、大きな荷物を荷台にのせて
「絵？　宗教画とちがうのか？　似顔絵なんかいらんわ。
おれ、今まで書いてもろたことないわ」と言って
通りすぎました。

Beel

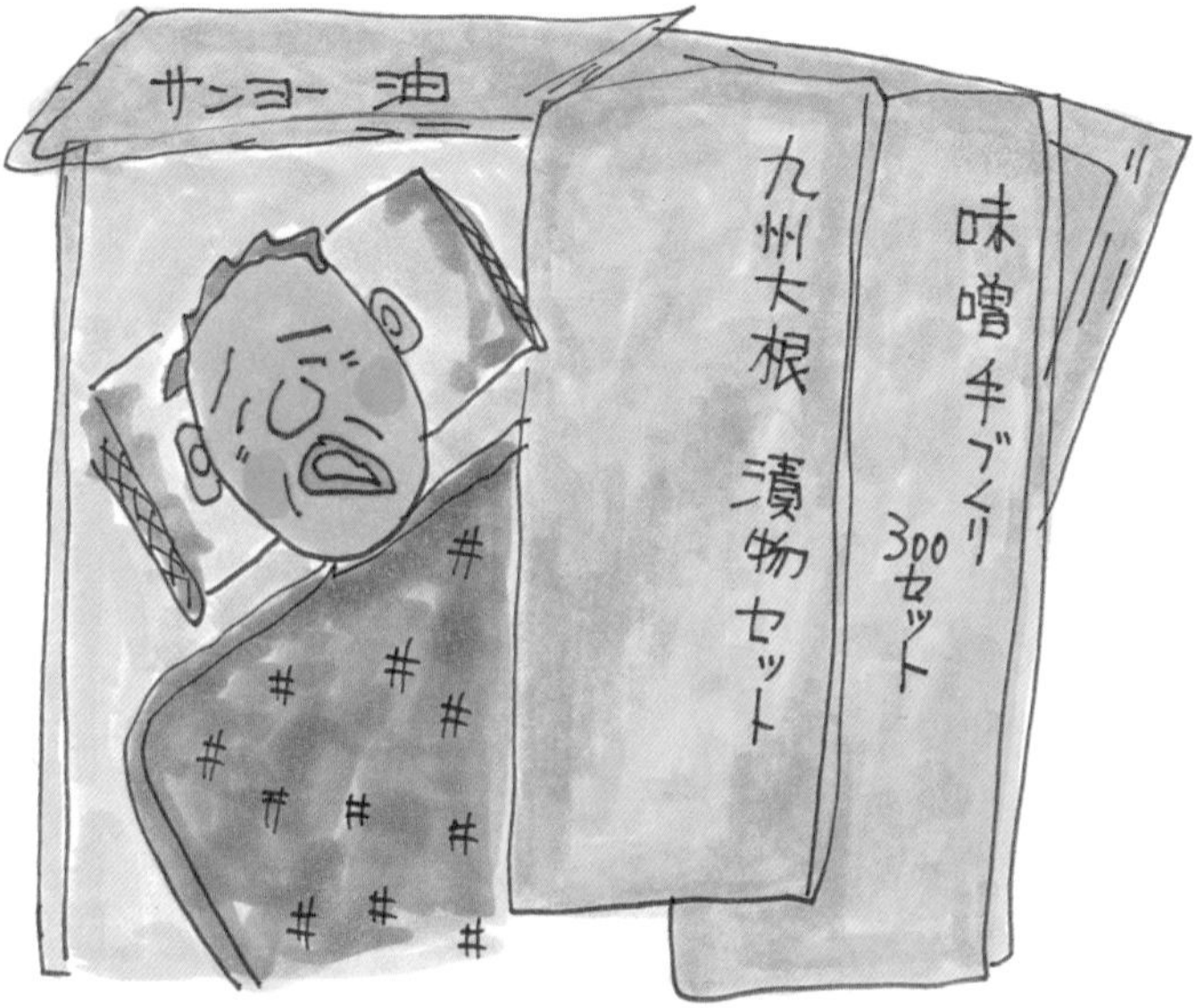

それから数分後、山田さんは帰って来ました。

「姉ちゃん500円にまけといてくれるかほんなら書いてもらうけど・・・」

いいですよ、ビール飲めんようになったら困るし500円にしときます！

私は、Uターンして帰って来てくれた山田さんに会えて嬉しかったです

山田さんは見るからにお人良しの感じでした。

おばちゃん、おれ、人にだまされてばかりいるねん。人に金貸して自分の生活費足りんようになってもそいつが困ってるのん知らんふりできへんねん。

落ちるとこまで落ちて西成に来てん〜〜〜。

三帖500円

ホームレスになって人夫の仕事ない時は、酒ばっかり飲んで
おれは最低の人間になってしもた。
「お金 貸した人は、貴方に少しは返してくれたの？」
いや、一円も返してくれへん、そいつの方が、おれより、ええ生活してるわ
おれは、結婚して すぐに嫁さんに逃げられ、子供も、おらへんし、
どうでも ええかと こんな生活になってしもうたんやろ。
こんな おれでも 仕事先の紹介で、中央市場の 仕事 せえへんかと
言ってもらって、10年目になるねん。

アサヒ
ビール
どん兵衛

毎朝3時に起きて 仕事
行くねん。 始めは、しんどかったけど
仕事終わって ビール飲んで
テレビ見て、毎日、同じ
仕事があるというのは、
安心やな・・・。
去年から正社員にしてもろて
ほんま よかったわ・・・。
アパート借りて、風呂も
トイレもあるねん
今、やっと普通の暮らしが
出来るようになったわ・・・。
と、ニコニコして 山田さんは
話してくれました。

おれ、こう見えても
花が好きやねん。
水色の花が好きやねん。
アパートのベランダに
いつも水色の花
あるねん！
水色の花
見てる時 幸せな
気持になるねん・・・。

安全確認・後方注意
まぐろ
さば缶
昆布
○△水産(株)

おばちゃん
おれ写真一枚も　ないねん
たぶん葬式の時、いや葬式なんて、してくれる人おらんけど、
ほんでも、一枚ぐらい自分のこと残しておかなあかんと思うてるねん。
おばちゃん、おれの絵書いてくれるか
おれの部屋にかざっておくし、
この言葉書いてほしいねん

・人に金を貸さない。
・人の甘い言葉にだまされない。
・花に毎日水をやること。

・人に金を貸さない。
・人の甘い言葉にだまされない。
・花に毎日水をやること。

この言葉毎日、読んで
しっかり生きていこ。と
思うねん。
それから一ヶ月後の夕方

さいなら〜。

お〜い 絵描きの
おばちゃん〜〜。
おれや! 覚えてるか?
あの絵 ごっつう気に入ってるねん
つれに見せたら「ええなあ〜」と 言うてくれたで、つれも こんで
書いて欲しいと 言うてたで、
おばちゃん 気つけて帰りや、大きい荷物持って こけたら あかんで!
ちゃんと歩かなあかんで、
ほな またなあ〜。

山田さん
こちらこそ あなたの
「素直」な元気を
いただき
ありがとうございました。

♪お姉さんがつまびく
三味線に唄って
あわせて今日もゆく
今晩は 今晩は
うら町 屋台は
お馴染さんが待ってるね♪
つらくても つらくても 涙をみせぬ
姉妹流しは

くたびれた おばちゃん二人が
三味線かかえて唄っていた
赤ちょうちん、酒場、いろんな人が、
この人の歌で一日の疲れがいやされたと
思います。今でも思い出すと
おばちゃんの切ない声が聞こえてきます。

似顔絵、いかがですか〜〜。
私の絵は、昭和チックでヨレヨレ
ですが、おもしろいですよ〜〜。

ねえパパ
描いてもらおうよ
私、似顔絵なんて
描いてもろた
ことないし
写真ばっかり
30分ぐらい
やったら
ええなあー。

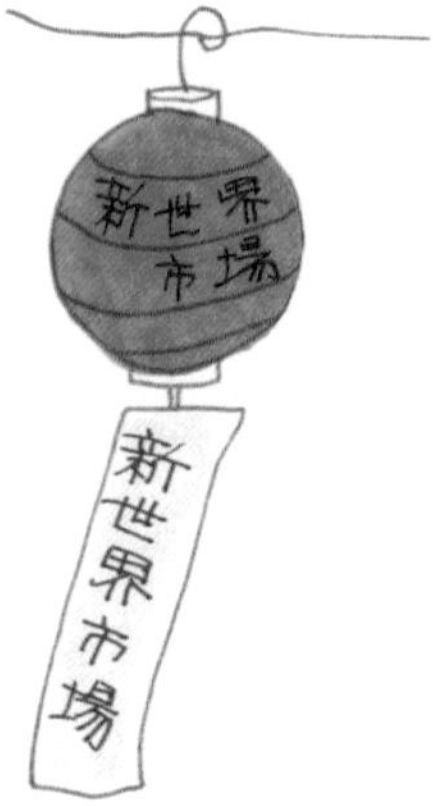

お一人1000円
一枚に2人
描いたら
2,000円ですが
よろしいですか？
ああ　ええよ〜。
通天閣
新世界

新世界市場
新世界市場
あられ

嬉しい！ パパの毛、フサフサに描いてね
それやったら加工になるで、ありのままに描いてくれたらええで。

わかりました。こんな感じになりました。

うわー、足短いなあ、鼻の下長いがなあ〜。
私、セクシーやわ、楽しいわ、リビングに、かざるわ。
なんで、こんなに足短いねん？

はい、紙が、足らんかったんです。それと「ちょうちん」書きたかったんです
新世界市場に来て下さった記念の絵なんです。
私は、絵より、この「ちょうちん」が好きなんです。
是非、又、こちらに来られたら、寄って下さいね。
本日は、ありがとうございました。

似顔絵、いかがですか〜〜。
ねえ〜。あんた、似顔絵、描いてもらお〜。
おまえだけ描いてもらえや。
ええやん、記念やし、一緒に描いてもらおな〜。
結婚式もやってないし、写真は、いっぱいあるけど
今は記念に描いてもらお♡。

わかりました。
お姉さん、きれいなスタイルですね。
お兄さんも、フーテンの寅さんみたいで
かっこ ええなあ〜。
絵になりますね 楽しみやね、お二人見てるとー。

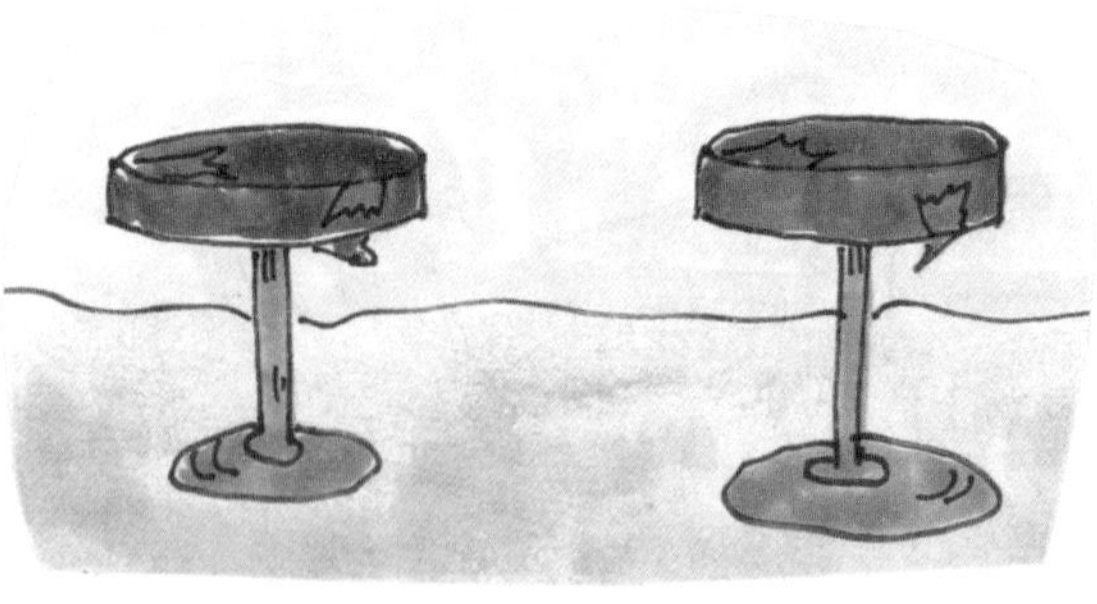

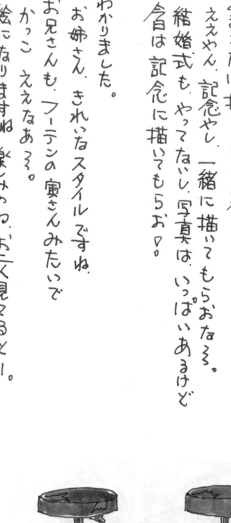

通天閣
新世界

わかりました。こんな感じになりました。
うあ〜 なんじゃこれは、嫁はんは色っぽいけど
俺は、ゴリラやんか！。

お兄さんは、見た目と違って、とても優しい人やと思います。
男前より、貴方は男臭いし、女の人を引きつける魅力が
あります。おばちゃんは、貴方のファンになりました。
ありがとうございます。又、こちらに来られたら、
寄って下さいね。

新世界
市場
新世界市場
あられ

たこ焼
たこ子
麦
麦
焼酎
酒
火の用心

あられさん〜〜。
あられさん仕事のストレスないやろな〜。あんなに無茶苦茶描いて
お客さん怒らないて不思議やな、
いえ、それは私が年寄りやからとちがう？・老婆に気つかって
くれてるんですよ。絵の上手な人は、なんぼでもいるけど、下手
くそで商売するのも むつかしいですよ。もう開き直りよ。
家に居て、主人と
一日中 いるのも
しんどいし、
ここに来て、いろんな
人と会って楽しいわ。
今日は、どんな人に
会えるかと、毎回
ワクワクしてるの。

いつの日か、スマホのお嬢さんと
一緒に来て下さいね。

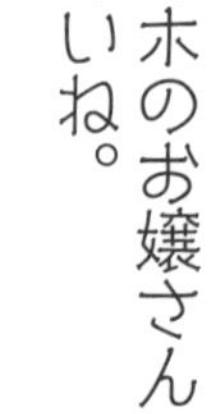

暮れも押し迫った日曜日の夕方 インテリ風の40代の男性が、
「年賀状書いてくれますか」 コンビニ近くにありますか?
買って来るので描いて下さい。「はい お待ちしています」
それから 20分程して 彼は 年賀状 一枚出して これに
この子を 描いて下さい。と
スマホの画面を
見せてくれました。
小学五年生の
お嬢さんでした。
離婚して、今自分は
一人です。

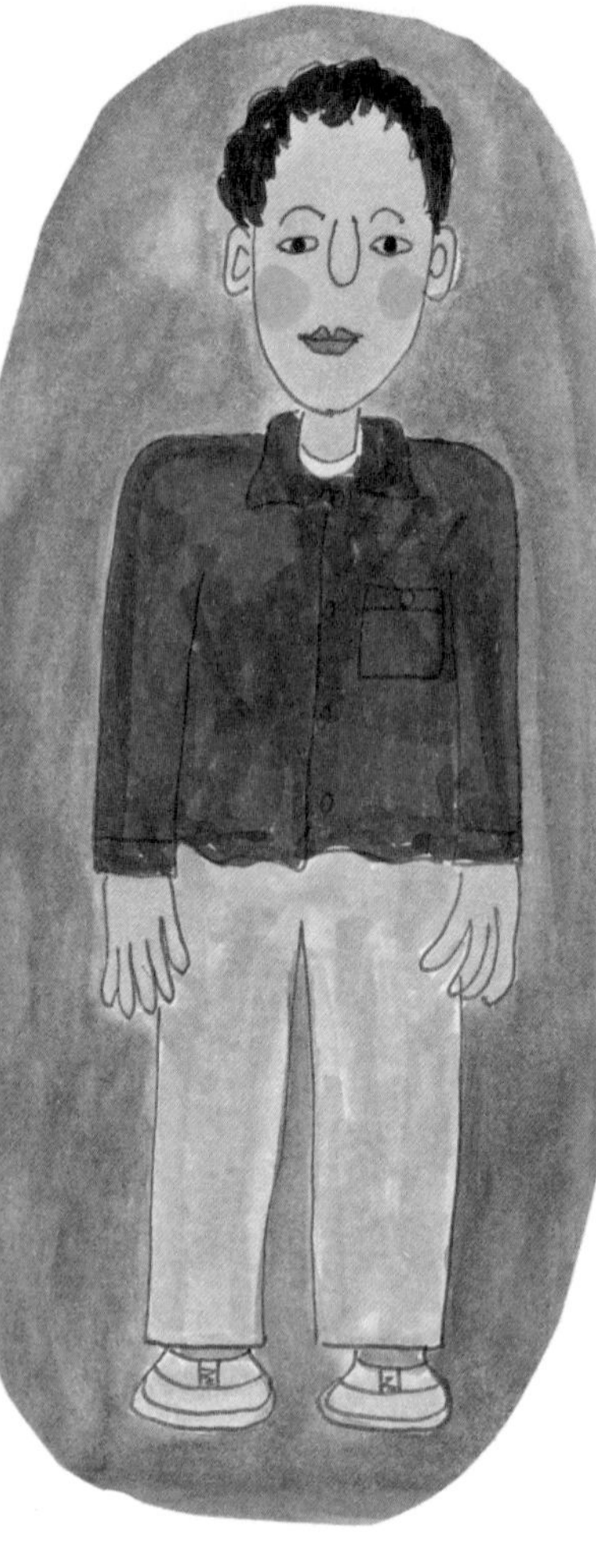

3ヵ月に一度 会えるんです。今迄年賀状出したことなかったんですが、
あられさんの絵を見て、急に出したくなったんです。
こんな私がお嬢さんの絵、描いていいんですか?。
パパの貴方が、描いた方が、愛があっていいんでは?。
「いえ僕が書くより、あられさんが、書いて下さい。」
そうですか、そしたら思いっきり明るい絵に
しましょう!。 でもコメントは「パパ」あなたが
書いて下さいね、パパの年賀状、お嬢さんは
大切にお守りの様に、持つと思いますよ・・・。
こうして連絡しあえる関係で、よかったですね。

今後も、別れた夫婦が、仲良く
するのは、むつかしいかも しれませんが、
親子は ずーっと つながって
いきますよ。
彼は、ポツリポツリと
話してくれました。

クリスマス、お正月は、娘と、よく似た年頃の子を見ると淋しくなります。
ずーと独身なら、こんな気持は分らないけど、一度家庭を持てば
思い出が、 できますから・・・。 離婚の原因は、全部、自分です
今、日雇いの仕事をしています。と静かに話してくれました。
以前は、証券会社に勤めていて、人生が、変わりました と言ってました。
汗、だくだくの夏の作業、木枯らしの冬の寒い日、この人にとって
肉体労働は、きついだろうなと、思いました。

私はあんまり悲しい顔さしたら、暗い気分に、なってしまうと思い、
あなたが、元気で、ないと ダメですよ、あなたが元気でないと
お嬢さんは、悲しみますよ、いつの日か、一人であなたに会いに
来る日が、来ますよ
その日まで、あなたも
元気で、体に気き
つけて働いて
下さいよ・・・。

すみません、年賀状のサイズでも
一枚1000円なんです。
彼は「ありがとうございました」と
言ってポケットから硬貨ばかり
出しました、私は百円玉ばかり
だと思い、受け取ったら
500円が2枚100円が7枚50円が一枚
5円が一枚、全部で1755円でした。

あの、これ、多いんですが、755円、これは、いりません。彼は、「いいんです」
「受け取って下さい」「お茶でも飲んで下さい」私は、頭の中で、日雇い、しんどい仕事
養育費が、交差して、汗水流した貴重なお金は受け取れないと

思いました。彼は、足ばやに
立ち去りました。
ふり向きもせず、暗い道路に
消えて行きました。

私は、その後、かなり、落ち
込みました。となりの
お店の人達が、心配して
来てくれました。
私は、テーブルの硬貨を
見せて、こんな話だった
と、事情を説明したら
みんな泣いていました。

彼は、あられさんに
聞いてもらって嬉しかった
んと、ちがう？
コンビニで、一枚だけ
年賀状買って、ポケットの
お金全部、あられさんに
渡して、今の自分を
心配してくれた、人がいると
思って、心が、熱くなったんだと
思うわ・・・。 あられさんは、
このお金受け取れないと、泣いてるけど
むしろ、受け取らないと、彼の心に申しわけ
ないと思うわ、きっと、彼も、今は ほのぼのとした
気持で、家に帰ってると思うわよ。

みんなで彼の幸せを祈りましょう!。
来年は、きっと幸せが、彼の所に届きますようにと、
さようなら、いつか又、新世界市場に来て下さいね、
このお金、持っていますね、おいしい珈琲屋さんが、あるねん、
出前してくれるし、一緒に飲んで下さいね、ありがとうございました。

新世界
新世界
通天閣
新世界市場

この新世界市場は あらゆるお店が出店しています。
若い店主もいるし、私のような高齢者もいるし、昭和と平成が、まざり合っています。みんな生き生きと働いています。そんなお店を紹介します。この町は誰も過去の職歴も肩書きも、経済状況も聞きません。みんな気楽に今を話しています。
昨年の夏、私は頭がボーとなり熱中症になりました。
スタッフの皆さま、通行人の方に うちわであおいでもらい、肩に氷をのせてもらい命を助けてもらいました。皆さまに助けてもらい人の情けが身にしみました。家人には、なんでそうまでして新世界に行くの？と聞かれましたが、私の生きがいとしか言えません。
今日も私は うす暗い市場の片すみで 道ゆく人に声をかけています
似顔絵 いかがですか～～。

私は対面の仕事は　これが始めてです。
そして新世界という熱い町での似顔絵の仕事さしました
いろんなお仕事の人と　お友達となり　毎回、刺激さ　いただき
楽しい仕事だと　とても喜んでいます

始めは、うしろむいて食事していましたが、よく通るお客様が、
ここでは食べながら商売しなあかんで！と注意してくれました。
上品ぶってたらあかんで！
あるがままにしてたらええねんで！と
教えてくれました。
それからは
こんな私に
なりました！

六尺褌
ふんどし
クラシックパンツ
越中褌
六尺褌
お茶

うあ〜
懐かしいなあ
ふんどしや!
私の父も
使ってたわ!
いろんな色
あるねんな
これしてたら
陰金田虫《いんきんたむし》に
ならへんねでー。

着物着付け教室

月に一度、無料で
着付けを教えてくれる
イベントです。
若い女性のモデルの時は、
男性のギャラリーが、
多いです。

おばちゃんがモデルに
なると男性は
全員いなくなります。
もっと真面目に
見てほしいですが・・・。

日本で一番安い店
どれでも10円
ラーメン
2015 3.3

ねえ
これゴミとちゃうのん？
誰が 買うねんやろ？
ほんまや！
金もうても
こんなん いらんわ！
片方だけの靴
男性の中古カツラ
脱腸ベルト
使いさしの毛はえ薬
何んでもありの
お店です。

ガラガラ占い
悩み解決！　鈴蘭

きらわれたく
なくてー。
きらわれたく
なくてー。

♪
みんな貴方に
あげたバカな私
ばかね　ばかね
よせば　いいのに
いつまでたっても
ダメな私

ガラ
ガラ
♪

鈴蘭さんは歌を唄いながらガラガラを鳴らします
とても、にぎやかな悩みの相談です。
彼女は ストリッパーの仕事をしています。月に二度お仕事のない時
ここに来てガラガラ占いをしています。スタイルの良い美人です
照明があたれば、とてもきれいな姿だと思います。
彼女にはポリシーがあります。男の客は断ります。お客様は女の人だけ！
と、決めています。彼女に悩みを打ち明けてお客様は元気に帰ります
鈴蘭さんは、それがとても嬉しいと言ってます。彼女はどんなお話を
聞いても大きな気持で受け止めてくれる魅力的な女性です。
私は 彼女がガラガラを持って唄っている姿が、とても好きです。

お姉さん
きれいなお肌!
ええ?素っぴん
信じられん!
この体
ベンツ一台分
使ってるわよ!
新世界
市場

玉子サンドと缶紅茶

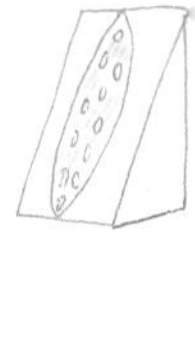

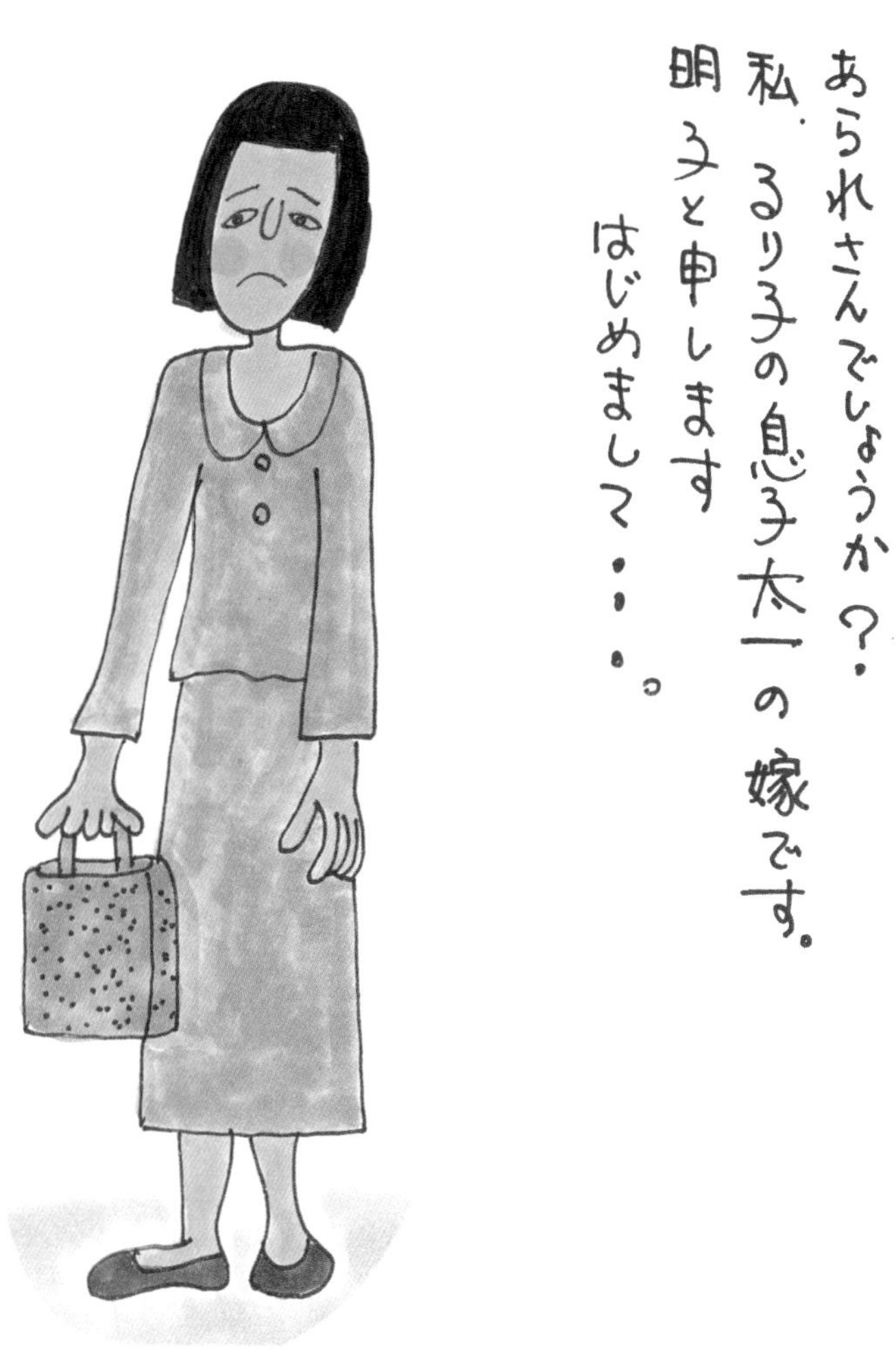
あの〜〜。
あられさんでしょうか？
私、るり子の息子太一の嫁です。
明子と申します
はじめまして・・・。

ありがとう！
感謝しています
紅茶の好きな
るり子

太一さま
明子さま

大阪通天閣、新世界市場で
絵描きの「あられ」さんに、この絵を
描いてもらいました。とても、楽しい
似顔絵でした。私の今日迄を
笑いながら聞いてくれました。

楽しい時間でした。

それからも、時々会いに行ってます。
この絵を「遺影」にします。
写真は、かた苦しいので、私は
私なりに、これに決めました。
たまには、見て下さいね。
ありがとう！

るり子より

はじめまして太一です
太一さんです
新世界市場
大阪通天閣

あられさん！母、るり子が大変お世話になりました。
ありがとうございました。。。ぼく達は母、るり子をお母さんと
呼ばずにるり子さんと言ってました。るり子さんは二カ月前に
亡くなりました。こんな手紙を残していました。
あられさんにご報告かたがた、お会いしたくて、本日は急に
来ました。短い手紙ですが、母の気持が伝わって来ます
母の意志を聞いて、お仏壇にかざっています。。。
母はこの2年間程、月に一度、日曜日になると新世界に
行ってくると、出かけました。演劇でも見に行くのかなと
思っていましたが、あられさんの出店が日曜日だけなので
会いに行ってたみたいです。

るり子さんは、
玉子やきだけの サンドイッチ
を作って ランチバッグに
入れて出かけていきました。
あられさんが、玉子やき
好きやねん!。と
ニコニコして言ってました。
あられさんのテーブルで
お互いに歩いて来た
道は違うけど、
いろんな職業の人、
肩書きも、無い気楽
な場所で、母は女学生の
ように楽しい時間が、
幸せだったようです。

昭和の似顔絵
一枚1,000円

母は、私の父を
小学校の時亡くしたので
それからは、父の代わりに工務店の
仕事を引きつぎ、女一人で、会社を切りもり
しました。母は、いつ起きて、いつ寝ていたのか
わからない程、作業服だけの人でした。
時代が、よかったのか、商売は、うまくいき
母は、私の好きなように勉強させてくれて
感謝しています。今迄、苦労して
泣きたい日もあったと思いますが、息子の前では、愚痴一つ言わず、
いつも明るく元気に84歳まで生きました。いろんな苦労話、聞き
たいと思いましたが、最後まで、そんな話は聞かずに、亡くなって
しまいました。仕事をしていた母の顔と、ランチバッグを持って
出かける顔は、別人のようでした。「母さんかわいいなあ〜」と
私の方が幸せな気持になりました「母さんホテルのディナーより
玉子サンドと缶紅茶で幸せなんやな〜」と言いました。

安全第一
図面 1.3

母さんは「ありがとう。」と言って出かけていました。
母は、やっと私が結婚して明子と楽しく暮らしているのを見て
安心したんでしょうね。3日目ぐらいに有料老人ホームに入居すると
言いました。私と明子は、母がいるので今迄来れたし、三人一緒
だから、幸せだったのに、母のいない日は考えられないと泣きました。
いつまでも、こうして暮らしたいと断固反対しました。
あれから10年が経ちました。母と二人で暮らした時より幸せな
毎日でした。明子が来てくれて明るくなったし、平凡な毎日に
感謝しています。母も苦労が、むくわれたように思っています。
少しは、親孝行できたかなと思っていますが・・・。
母は働くだけの人生でした。私の為に一生懸命生きて
きました。子供の喜びは私の喜びと言って暮らしてきました。
ありがとうございました。母の、サンドイッチを食べて
楽しい時間を過ごして下さり母の絵を見て、
これからも明子と仲良く暮らしていきたいと思います。

明子さんの身の上です。
私は、父を早くに
亡くして、母一人
娘一人の生活でした。
母は一生懸命
働いて私を
育ててくれました。
私は商業高校を
卒業して小さな
町工場の事務員
として働きました。

残業で遅くなっても
母は、夕食を待って
一緒に、今日の
一日を話すのが、
楽しみでした。
いつもニコニコと
嫌な一日の事でも
聞いてくれました。
毎日が幸せでした。

会社の人の紹介で何度か、お見会の席にも行きましたが、
結婚したいと思う人はなかったです。
父を早くに亡くした
ので、男の人に
夢を託すことが、
想像出来なかった
のかもしれません
母は、私が、一人
ぽっちになるのが、

かわいそうと思って嘆いていたと思います。
40歳頃には、会社でも、私は独身のまま、定年迄働くのだと思われていました。
私は、自分の生活に、満足していました。
そんな生活でしたが、私が、40歳の時、母は脳卒中で、あっと言うまに亡くなりました。

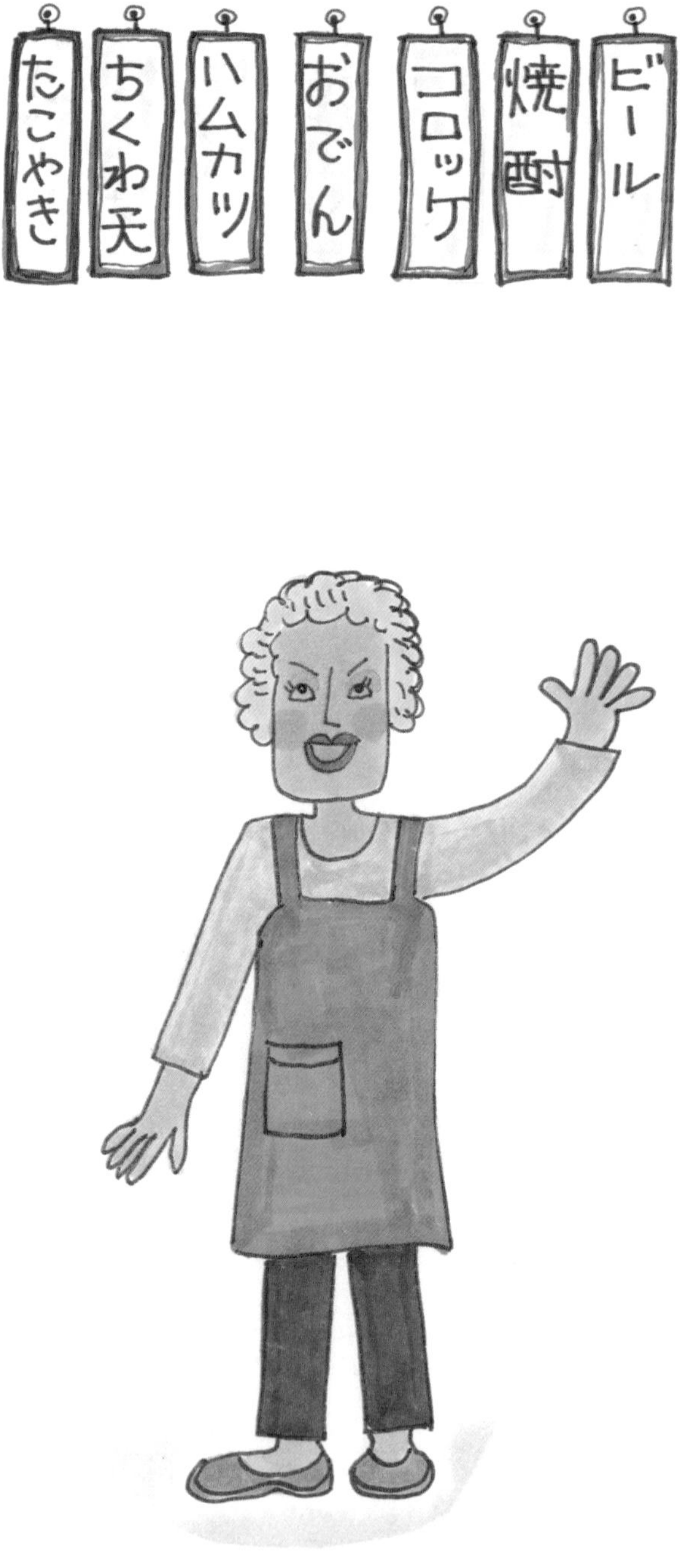
ビール
焼酎
コロッケ
おでん
ハムカツ
ちくわ天
たこやき

それからの私は、孤独という言葉を
嫌という程、知りました。
何も、したくないし、毎日、
生きてるのが不思議な
気持でした。

そんな一年が、続いた頃
母とよく買物に行った
商店街で、ふらっと
昼間からビールを
飲んでみたいと居酒屋に
入りました。

そこでるり子さんと
隣り合わせになり、
なんとなく話をして
母といるような暖かい
気持になりました。

るり子さんとは親子程
年が違いますが、日帰りの
温泉に行ったり、食事に
行ったり、お互いに、以前から
ずーと友達の様な感じでした。

ある日、るり子さんは
気分が悪くなり
救急車で病院に
搬送されました。
私は、その場に
いたので、そのまま
付き添いました。
その日は心配
なので、自宅
まで送りました。

私は一人暮らしで、母を一年前に
亡くし、家族は、いないと話していたの
ですが、私は、るり子さんの生活を
何も知りませんでしたし、人生、いろいろ
あるし、聞くことはなかったです。
お互いに話す時が、くれば聞いたら
いいかな？と思ってました。
自宅に行くと、息子の太一さんが、
心配して待っていました。
太一さんは見るからにお姉さんでした。
母を心配して、それは、けなげに
家事をしていました。

昼間の彼は、大学は電子工学を卒業してIT企業に勤めていて、家ではこんなスタイルでした。
その日、私は激動の一日でしたので疲れてしまって、そのまま泊めていただきました。私もこの一年疲れがたまっていたのでしょうか家族の人に囲まれて、安心して不思議と、初めての対面とは思えないほど、安心して眠れました。ワインも飲んでいたので、久しぶりに いびきをかいて安眠しました。

それからは毎週金曜日になったら、夕食に
来て下さいとメールが来て、金、土、日と、
るり子さんの家に行くようになりました
太一さんは、一度結婚しましたが、女性を
愛することが出来ないし、母と別に暮らす
ことも考えてないし、でも母は、心配してるし
こんな自分を愛してくれる人は いないしと
思ってると話していました。
私は、母の様なるり子さんと一緒に、いたいし
太一さんを男性とみてないし、弟でもないし、一人の人間として
尊敬しています。仕事は出来るし、やさしいし、私は家族として

5,000円 × 3人 × 12ヵ月 = 180,000円

暮らしたいと
思いました.
経済的には
私はこつこつと
働いているので.
迷惑は.かけ
ないと思って
ました.
毎月5000円積立
して旅行に
行きましょう!
と提案すると
二人ともすごく
喜んで.毎月.袋に
入れるのを子供の様に
喜んでいました.

一般の常識から見たら私達は、おかしいかもしれません。
でも太一さんは、とてもやさしいし、どこへでも一緒に行ってくれます。
るり子さんが亡くなって淋しいですが、彼も私がいてるので
なんとか孤独にはならないと言ってます。私も母がこの人達に
巡り合わせてくれたのだと感謝しています。
「あられさん」るり子さんは、あられさんと、どんな話さ
していたのでしょうか、るり子さんは、幸せだったのでしょうか？

はい、るり子さんは、私と紅茶を飲んで、今が、いちばん幸せと
言ってましたよ、家族になる人が来てくれて太一のことは、
これで心配しなくて、私は、ゆっくり、こうしてお茶できると
喜んでいましたよ。　紅茶を飲んで笑っていましたよ・・・。
るり子さん、安心は、お金では買えませんよね。
嬉しいご報告　明子さん、太一さん　ありがとうございました。

新大阪
新幹線

あとがき

この本って、今の時代？と思われる人がおられるでしょうね
今なんです。ショッピングモールの鏡のように磨かれた床、
照明に照らされた洋服、デパ地下の宝石のような食品
歩いてる人も令和の風を颯爽と受けて、私は取り残され
たような気持になります。昔が良かったと古臭い懐古趣味
ではありません。自分のくたびれた姿は時には、この風景の中では
痛くなる時があります。ここに居てもいいのだろうか？と・・・
昔の商店街は、母が割烹着を着て下駄はいて、みんなが

今日一日を生きる事に精一杯の時代でした。
幼い私は、この本のような風景を見ていた気がします
新聞紙で包んでもらった焼き芋の感じです。
私も73歳、人生の終着駅が見えてきました。
お金、家族、健康、いろんな心配を
しなさいと世間は教えてくれます。
このレベルまで用意しなさいと
示唆します。
そんな時、この場所で道ゆく
人をながめて、あれっ!?
私って、ここに座ってとても幸せと
感じます。見栄や虚栄はいりません。
たった一度の人生、ホンネで生きて アハハ、エヘヘと
笑って一期一会を楽しみたいと思っています。

今日の「あられ」

永澤あられ

昭和 22（1947）年京都生まれ。大阪在住。
会社を定年退職後、大阪芸術大学通信教育学部
映像学科漫画コース入学、2013 年卒業。
著書に『パンパンハウス物語』（風濤社）

今日も市場の片すみで
下手な似顔絵描いてます。

2020年12月15日　初版第一刷発行

永澤あられ　作

発行者　高橋栄
発行所　風濤社
〒113-0033
東京都文京区本郷4-12-16-205
電話 03-5577-3684
FAX 03-5577-3685
印刷・製本　中央精版印刷株式会社

Printed in Japan 978-4-89219-458-0

永澤あられの本

パンパンハウス物語

定価・本体 1300 円 + 税　A5 判並製
978-4-89219-393-4

大阪のおばちゃんが描く昭和の人情物語
4 人のお姉さんの、甘くせつない人生

夕焼けの色の中にいた
大好きなおばあちゃんと、お姉さん達。
戦後の時代をたくましく生きてきた
彼女たちを思い出して
描きました。